C. C. Mahr

Der Seeschrecken auf den Auswanderer-Schiffen

Antigonos

C. C. Mahr

Der Seeschrecken auf den Auswanderer-Schiffen

Unveränderter Nachdruck der Originalausgabe von 1869.

1. Auflage 2024 | ISBN: 978-3-38614-428-5

Antigonos Verlag ist ein Imprint der Outlook Verlagsgesellschaft mbH.

Verlag: Outlook Verlag GmbH, Zeilweg 44, 60439 Frankfurt, Deutschland, info@outlook-verlag.de
Vertretungsberechtigt: E. Roepke, Zeilweg 44, 60439 Frankfurt, Deutschland
Druck: Libri Plureos GmbH, Friedensallee 273, 22763 Hamburg, Deutschland

Der Seeschrecken

auf den

Auswanderer-Schiffen.

Unter Beistand eines Obergerichtlichen Erkenntnisses

besprochen

von

Dr. C. C. Mahr.

Oldenburg in Holstein.
Verlag und Druck von C. Fränckel.
1869.

Es haben sich die Ansichten über die Auswanderung in den letzten Jahren mehr geläutert, und namentlich in nationaler Auffassung gewonnen. Es kann einer großen Nation, die keine Colonien hat, nicht gleichgültig bleiben, ob ein Theil derselben sich in anderen Welttheilen selbstthätig ausbreitet und nun gleichsam die Stelle von jenen vertritt. Vielleicht, daß solches Mittelglied zwischen Mutterland und überseeischen Gebieten, weil es von selbst entstanden, die Colonien ersetzen und einst noch ein haltbareres Band abgeben kann, als in neuerer Zeit die mehr künstlich angelegten Pflanzörter vermochten. Außerdem säen sich auch allmälig immer mehr germanische Culturkeime aus, welche Beachtung verdienen und der Nation späterhin gleichfalls werthvoll sein können. Der Staat sieht auch gegenwärtig nicht mehr so sehr mit der alten Besorgniß darauf hin und hat bereits begonnen, einen schützenden Blick auf die Communicationsmittel zu werfen.

Die Ausscheidung der Weggegangenen aus dem Staatsverbande ist auch nur in formeller Hinsicht eine Wahrheit. Sie bleiben sonst noch vielfach mit demselben verbunden, und nicht wenige von ihnen sind vielleicht mit mehr Bewußtsein Vaterlandsfreunde als die Heimgebliebenen, wenigstens haben sie überall noch, wo in der Ferne die jetzige deutsche Bundesflagge sichtbar geworden, sich versammelt und mit lauter Freude dieselbe als Hoffnungsflagge, unter welcher das Vaterland gedeihen und neu erblühen müßte, begrüßt, während man zu Hause vielfach aus provinzieller Engherzigkeit nicht dazu kommen konnte. Man kann demnach die Auswanderer wohl als vom Vaterlande Abgetrennte, aber nicht als Verlorene betrachten. Es macht sich außerdem auch jetzt schon bemerkbar, daß der Strömung eine Gegenströmung folgen wird. Hat der Deutsche sein Fortkommen gefunden und etwas erworben, so kehrt er auch oftmals zurück; denn Deutschland hat vor allen andern Ländern das voraus, daß es einen Magnet in seinem Innern birgt, der in der ganzen großen Welt nicht wieder zu finden ist, in seiner Wirkung ungeschwächt bis an die Antipoden reicht und den Blick immer wieder heimwärts lenkt, er heißt: das deutsche gemüthvolle Leben.

Die Ueberschiffung ist aber von europäischer Seite leider mit Gefahren eigenthümlicher Art verbunden gewesen, welche nicht genug von allen, den wirklichen sowohl, als selbst den möglichen Ausgangspuncten beleuchtet werden können, und Jeder, welcher Reisen auf eben diesen Schiffen, als es noch keine bessere Beförderung gab, mitgemacht hat, sollte seine Beobachtungen und Erfahrungen zum allgemeinen Besten verwenden.

Auf demselben Wege, auf welchem jährlich Tausende Americaner in großer Sicherheit zur Erholung nach Europa reisen und um die Wohlthat der Seereise etwas länger zu genießen, auch gerne Segelschiffe wählen, erheben sich, wenn er von dieser Seite angetreten wird, jetzt schon so häufig Noth und Pestilenz und eine Geißel der Menschheit.

Es sind über unser Beförderungswesen freilich schon öfter Beschwerden geführt, auch Klagen erhoben und Untersuchungen angestellt, noch zuletzt nach dem Unglück auf dem Leibnitz, aber sie haben nichts ergeben. Wenn man auch im Abgangshafen die vorangehende Sachlage beobachtet, kann man doch über die späteren Zustände keine Vorstellung gewinnen. Am Ankunftsplatze hatten wir keinen, der officiell das Schiff empfing und eventuell von selbst einschritte. Die Passagiere aber, die mit dem Leben davon gekommen, sind dessen froh, eilen von bannen, und lassen am liebsten den Ort des Schreckens so weit, wie möglich hinter sich, haben auch jetzt zu sehr andere Ziele ins Auge zu fassen, als daß sie das erlittene Ungemach noch verfolgen könnten. Von der Hauptsache, die zwischen Anfang und Ende der Fahrt liegt, und den Kern enthält, tritt einer Untersuchung höchstens ein Schattenbild entgegen, und vollends nichts von der nach vielen Seiten hin unpractischen Wirthschaft, der hygienischen Unkunde, die da waltet, und zum Theil in grobe Mißachtung der Gesundheitspflege übergeht. Diese ist auch noch nie ein Object der Untersuchung gewesen.

Der Rheder schon hat sich seine Stellung den Passagieren gegenüber nur mangelhaft klar gemacht. Viel weniger aber wissen die Stellvertreter desselben, Capitain und Steuerleute, welche Obliegenheiten aus dem Contract des Rheders mit den Passagieren auf sie übergehen. Sie sind auch nie von einer Oberbehörde über ihre Contracts-Begriffe befragt worden. So sehr sie deshalb, was die Führung des Schiffs betrifft, ganz an ihrem Platze sind, so sind sie es den Passagieren gegenüber nur halb und zuweilen gar nicht. Kann doch auch niemand zween Herren dienen. Wenn die Schiffsmannschaft bei schönem Wetter für diese zweite Pflicht vacant ist, hat der Passagier ihre Hülfe nicht nöthig, hilft sich selbst und alles geht in leiblicher Ordnung her. Wenn aber Stürme kommen, hat die Mannschaft die Hände voll anderer Arbeit; nun aber brauchen auch jene leicht ihren ganzen Beistand, aber er fehlt, und solches giebt zur ersten Unordnung Anlaß. Dazu ist diese Mannschaft, wiewohl meistentheils gutmütiger Natur, doch roh, nicht anstellig genug und erst gestern aus aller Welt Ende zusammen gesucht. Nur ein Knabe, Steward genannt, ist an Bord, aber nur für den Tisch des Capitains.

Stellt man Vergleiche an, so ergiebt sich, daß man mit dem Gütertransport viel weiter, als mit dem Menschentransport gekommen. Für Sachen, welche zu Wasser weggehen, besteht schon eine größere Verantwortlichkeit, als für solche, welche zu Lande transportirt werden. Der Rheder muß dort für Schaden viel mehr haften und im eintretenden Fall Ersatz leisten. Er bleibt dazu freilich im Stande, indem er gleiche Sachen zurückgeben kann. Aber auch im glücklichsten Fall muß er warten, bis die Nachricht vom richtigen Eintreffen der Fracht am Bestimmungsort zurückgekommen; dann erst bezieht er den Gewinn.

Mit der Menschenbeförderung ist alles umgekehrt. Der Rheder macht hier ein viel vortheilhafteres und sicheres Geschäft. Der Passagier muß hier auch, wie eine Waare, temporär in den Besitz des Rheders übergehen und sein Schicksal von ihm abhängig machen. Ob die Menschenwaare aber ankommt oder nicht, oder wessen Schade es ist, wenn sie nicht ankommt, braucht gar nicht erwogen zu werden. Während ferner bei jeder andern Dienstleistung erst nach vollendeter Leistung bezahlt wird, streicht der Rheder den geforderten Lohn an Geld vorher ein, und zwar keine Abschlagszahlung, sondern das voll Verlangte. Am Zahlungstisch wird jeder Einzelne angesehen, später aber gehört individuelle Berücksichtigung schon zu den Seltenheiten und verwischt sich endlich auf der See zu einem unbekannten Begriff, so daß manche nothwendige Dienstleistung, welche billiger Weise von Schiffsseite entgegengetragen werden sollte, der Passagier sich selbst besorgen muß, wenn er dazu im Stande ist, oder sonst entbehren.

Was dem Rheder übergeben wird, sind allein in Bezug auf Gesundheit so werthvolle Gegenstände, daß für eine Unterlassung in der Gegenleistung schwerlich ein Taxwerth angesetzt werden kann. Deßhalb kann er ganz sorglos walten. Geht nicht alles in Ordnung her oder fehlt hier oder da etwas, was thut's sonderlich? Der Rheder hat jedenfalls den reinen Gewinn, und der Passagier den alleinigen Schaden. Jener wußte gar zu wohl, daß für erlittene Beeinträchtigungen, verursachte Leiden und Schwächung der Gesundheit, wenn auch bis zu dem Grabe, daß der Mann seine frühere Beschäftigung drüben nicht wieder aufnehmen konnte, im Ankunftshafen schwerlich Hülfe zu finden war, schon wegen der Schwierigkeit, dafür ein richtiges Aequivalent vor einer fremden Behörde nur aufzustellen. Es würde wenigstens sehr weitläufig, kostbar und ärgerlich sein. Wer es hätte versuchen wollen, hätte auch erleben können, daß seine in America gemachten Aussagen in Europa wieder, wie üblich, entstellt würden.

Es handelt sich indeß meistens noch um viel Wichtigeres als Schadenersatz, indem der Pflegling des Rheders auch noch auf außerordentliche Weise seine Existenz auf's Spiel setzen muß.

Wir müssen aber zuvor einen Blick auf die Haushaltung auf diesen Schiffen, so weit sie sichtbar geworden ist, werfen, und demnach zuerst mit den Commissairen und Gerichtspersonen in die Vorrathskammer blicken; denn merkwürdiger Weise wird gewöhnlich gar nicht gefragt, wie der Einzelne es hat, noch was er bekommen! Solches wird als selbstverständlich angesehen und übergangen, sondern bei jeder Klage ist gleich die Frage bei der Hand: was der Wirth alles im Keller hat. Da hat er aber allerdings, wie wohl jeder Wirth, sehr Vieles, was sich zeigen läßt. Man

kann schon von einem verständigen Capitain von vorne herein er=
warten, daß er, bevor er die Führung des Schiffs antrat, die
Kopfzahl der Menschen, die Pfunde guten Proviants und die
längste Zeit der Reise zusammen in Rechnung gestellt hat, wie
solches doch wahrscheinlich seit Jahrtausenden üblich gewesen ist.
Daß man nun auf dem Lande den Proviant nachsieht, gewährt
wohl die Möglichkeit einer guten Ernährung, — aber weiter nichts,
namentlich nichts über die Verwendung. Wenn die Americaner
den vorgefundenen Proviant getadelt, so haben sie offenbar damit
nicht behaupten wollen, daß während der Reise überhaupt kein
guter Proviant an Bord zu finden gewesen, sondern nur das, was
wir jetzt genauer formuliren können, nachdem uns (aus pag. 27
des Oberg.=Erkenntn.) ein erschreckendes Licht aufgegangen. Es
haben nämlich die Specktonnen erst eine Reise von Hamburg nach
Quebeck gemacht, dann von Quebeck nach Hamburg, drittens von
Hamburg nach New=York und viertens von da nach Hamburg.
Nun sind sie zufällig durch das dazwischen getretene gerichtliche
Verfahren von ferneren Reisen abgehalten, sonst hätten sie bis
in's Jubiläums=Alter die Fahrt fortgesetzt, wenn sie bis dahin
nicht aufgezehrt wären. Der an den Koch austheilende Steuer=
mann braucht nur ganz zufällig, gleichsam aus Versehen, auf eine
solche Tonne, die lange nicht mehr zu den sogenannten auser=
wählten gehörte, zu stoßen, so ist das Unglück da. Die drei
Americanischen Physicians haben in richtiger Erkenntniß nur wieder
in Erinnerung gebracht, was eine unzweifelhafte Erfahrung lange
ergeben, daß wer von verdorbenem Fleische lebt, an irgend einem
Typhoid erkranken muß. Wir wundern uns nun gar nicht mehr,
wenn wir pag. 52 (d. O.=E.) auch noch Fleisch vorfinden „von
zweifelhafter Beschaffenheit, wo die Pöckel ganz blutig gewesen und
das Fleisch einen eigenthümlichen und sehr unangenehmen Geruch
angenommen". Pag. 30 (d. O.=E.) finden wir auch, daß Wasser
aufgespart und die Reise zweimal hat machen dürfen. Es waltet
ohne Zweifel über alles dieses ein Hamburger Gesetz, das aber
sehr elastischer Natur sein muß, und welches man lieber geradezu
das Gummigesetz nennen sollte.

Brod kann sich gegen die Einwirkung des verdunstenden See=
wassers wohl nie länger als 3 Wochen halten, ohne zu schimmeln;
es sei denn, daß es nicht in Säcken, sondern in zugelötheten Blech=
kasten an Bord gebracht würde, was hier wohl schwerlich Ge=
brauch ist.

Auf die Frage, welche Garantie hat der Passagier für die
gute Beschaffenheit des Proviants, folgt immer die Antwort: dafür
sind Besichtiger bestellt, bisher eine eigene Art Naturforscher, die
wir pag. 31 (d. O.=E.) etwas näher kennen lernen. Hier steht
deutlich: dieselben können begreiflicher Weise nicht jeden Pro=
viantbehälter untersuchen, sondern müssen sich mit der Untersuchung
einzelner aus der Masse ausgewählter (von wem?) Fässer
begnügen lassen, sollte wohl heißen unbegreiflicher Weise, sonst
nöthigt uns dieser Satz, unsere bescheidenen Begriffe von Unter=

suchung auszusprechen. Man kann nur eine Vorstellung im Detail gewinnen, wenn man die auseinander gelegten Theile einzeln prüft, um sich überhaupt zu befähigen, eine Einheit zu bilden und ein Urtheil zu fällen. Die Untersuchung muß das Streben bekunden, vor Allem die verborgenen Eigenschaften erkennen zu wollen und diese nicht unter Verschluß belassen. Gerade nach dem, was zu unterst liegt, soll sie sehen, sonst würde es eine Obersuchung heißen müssen. Die Fässer, welche etwa noch im Kielraum von den früheren Reisen her versteckt liegen, und keine ausgewählte oder vorgeschobene Parabefässer mehr sein können, müssen an's Licht kommen. Nur dann läßt sich begreifen, daß eine innere Wahrheit gewonnen wird.

Das Hauptorgan des Besichtigers, das organische Auge, ist nun freilich so eingerichtet, daß es eine Bequemung des Betragens nach den Bedürfnissen eintreten lassen kann, indem es befähigt ist, successive auf nahe und entfernte Gegenstände zu blicken. Solches ist für den Besichtiger ein großer Vortheil, und so lange er dieses Organ in seiner physischen Qualität auf's Genaueste walten läßt, ist es gut. Sobald aber das geistige Auge sich eben so nach den Umständen bequemt, ist es nicht richtig. Da konnte es noch bei dem preußischen Revisionsamt eine Schule durchmachen, welches die Sache anders anfaßt, jeden einzelnen Posten nachsieht, und doch handelt es sich hier nur um Geld und nicht um Menschenwohl und Leben.

Dennoch, wenn Alles gut befunden, ist es doch zu beklagen, daß man auf diesen Schiffen nur ganz im Anfang frisches Fleisch hat, und diejenigen Einrichtungen, welche die heutige Technologie in mehreren Methoden an die Hand giebt, hier noch ein unentdecktes Geheimniß geblieben sind. Wenn Americanische Schiffe eine lange Reise unternehmen, ist jene Kunst schon seit 20 Jahren auf ihnen in praktischer Anwendung. Das gekochte Pöckelfleisch, sechs Wochen lang täglich genossen, wirkt immer etwas reducirend. Es werden die genossenen Speisen, welche zum Umsatz und zur neuen Anbildung im Körper verwendet werden sollen, zu einem beschleunigten Durchgange durch die Organe angetrieben und eine desto raschere Zersetzung herbeigeführt. Daher fortwährend genossen, wird der reparative Effect immer geringer und die Lebensenergie wird in geradem Verhältniß herabgestimmt. Leicht eintretende körperliche Ermüdung, Blässe und Abmagerung sind die weiteren sichtbaren Folgen.

Was nun die Bespeisung selbst betrifft, so sollte man erwarten, daß sie bei so vielen Menschen die Arbeit mehrerer Stunden sein müßte, um sicher zu sein, daß Jeder das Seinige bekommen, und daß sie mit großer Sorgfalt betrieben würde. Erscheint doch schon dem Laien das erkaufte Gastrecht hier auf der See ein halbes Heiligthum. Aber die Administration scheint nicht leichter zu finden als dieses. Sie beschafft es in einem schnell vorübergehenden Acte. Ein einzelner Passagier (Backmeister genannt) muß für 8 bis 16 Personen das Deputat aus der Küche holen, sie mögen nun zu Einer Familie gehören, oder sich fremd sein. Die weitere Vertheilung geht den Schiffer nichts an. Dem engen Raume und der Zeit, die so reichlich vorhanden ist, erschiene es gemäßer, die Bespeisung successive zu besorgen, aber sie wird für die ganze Menschenmasse in möglichster Eile, gewöhnlich in einer Viertel Stunde absolvirt. Kein Capitain oder Steuermann steht dabei, sondern sind während der Vertheilung gar nicht zu sehen. Es ist merkwürdiger Weise so eingerichtet, daß sie zur näm= lichen Stunde essen. Der Koch fungirt hier allein, das merk= würdigste Supplement des Rhebers. Er ist eine Art Factotum auf diesen Schiffen. In welcher Anstalt er aber seine Schule ge= macht, um für 400 Menschen kochen zu können, ist nicht zu ent= räthseln. Es sind wohl meistens Naturköche, und sie werden aus früheren Seeleuten recrutirt. Es lassen sich bei ihnen für Geld und gute Worte und wiederholte Gänge nach der Küche wohl ein einzelnes Mal Haferwelgen für einen Kranken erreichen, aber es ist schon eine Kunst. Die Kartoffeln versteht er zu kochen, aber man kann erleben, daß schon beim zweiten Gemüse, dem Kohl, seine Kunst zu Ende ist. Daß die Passagiere auf dem „Leibnitz" das Kohlgericht über Bord geworfen, weil es nicht gar gekocht war, ist jedenfalls ein Factum.

Jeder Unterofficier weiß übrigens, was die Bespeisung an= langt, besser Bescheid, wie es um den einzelnen Mann in der Compagnie steht, als hier die Schiffscapitaine und Steuerleute, obgleich es auf der See doch ganz besonders darauf ankommt, daß der Mensch bei Kräften bleibe und nicht, wie das Gericht bezeugt, erst skelettartig abmagere. Es muß gleich, so wie der Passagier eine Mahlzeit vorübergehen läßt, die Ursache beachtet werden. Die somit eintretende Erschöpfung, welche ihn hindert, die Treppe zu ersteigen, ist die erste Veranlassnng zu einer Erkrankung. Aber von frühzeitiger gehöriger Rücksicht auf den Einzelnen kennt hier die Schiffshygiene nichts.

Ob die anfängliche Gleichgültigkeit und Achtlosigkeit vielleicht gar mit der Oeconomie zusammenhängt? Gott bewahre, wer möchte den Gedanken nur denken! Warum aber die Oeconomie so achtlos ist, das mag der Himmel wissen, so wie auch, wo diese übergesparten Vorräthe denn verbleiben. Ob ein Theil ver= auctionirt wird? und für wessen Rechnung? Gewiß ist allein, daß solches nicht für Rechnung der umgekommenen Passagiere ge= schieht. Es handelt sich hier um nicht geringe Zahlen. Der Rheber hat sich für eine gewisse Summe, wir wollen sagen, für 40 Thaler, zur Ueberschiffung und Verpflegung eines Gastes ver= pflichtet. Dauert nun, wie nicht selten, die Fahrt selbst nur gleichfalls 40 Tage, und es ist am 10ten Tage ein Theil der Passagiere gestorben, so könnte man doch fragen, wem kommt der Werth der gesparten Nahrung aus den 30 Tagen zu Gute, und wem wird dieses Erbe ausgekehrt? Doch wohl den überlebenden Kindern, welche jedenfalls schuldlos Vater und Mutter einbüßen mußten und so schon einen unersetzlichen Verlust erlitten. Wäre es nicht eine Unbilligkeit, sie zu übergehen oder ohne Mittel der Americanischen philanthropischen Gesellschaft aufzubürden? Wir haben vergebens nach Aufklärung darüber im Obergerichts=Erkenntnisse geblättert. Wenn Waaren an Bord genommen werden, so werden dafür Assecuranz=Prämien verwendet, die Menschen aber, welche die Gefahr nicht ahnen, werden gar nicht an Versicherung erinnert. Wir wollen aber das Thema verlassen, und nicht weiter jenem Rechenmeister folgen, der hieraus schon ein Exempel componirte: welche Summen nebst Zinsen erwachsen in 25 Jahren einer umgekehrten Lebensversicherung aus dem aliquoten Theil bei 85 Todesfällen auf dem „Electric", auf dem „Brougham"? u. s. w.

Wenn sonst hier und da über kleine Uebelstände, theure Preise im Kleinhandel geklagt wird, selbst wenn es so arg gemacht wird, daß in einem Fall, wie wir wissen, der Steuermann in New=York für nöthig fand, zu entweichen, so hat es doch auf der andern Seite das unbezahlbare Gute, daß diese Waare dem Käufer gebracht wird, und er nicht nöthig hat, sich erst mit 16 Mann darüber ohne Controlle auseinander zu setzen, eventuell herum zu schlagen. Das thätige Benehmen des Kleinhandels ist dem indolenten Rheder=Mechanismus gegenüber immerhin noch eine Wohlthat zu nennen.

Ein zweites Erforderniß ist gutes Trinkwasser. Bei allen physischen und chemischen Processen im Körper muß sich Wasser betheiligen, so wie es auch die Ausscheidungen vorbereiten muß. Zwischendecks=Passagieren besonders darf es deshalb nicht zu sparsam zugetheilt werden, weil sie möglicher Weise in der Nacht schädliche Stoffe durch die Respiration in sich aufgenommen haben, und das Wasser bei der Wegschaffung dieser Schädlichkeit interveniren muß. Die englische Aufbewahrungsmethode in eisernen Behältern ist zweckmäßig. Das Eisen zersetzt zwar einen kleinen Theil Wasser, aber hat doch das überwiegende Gute, daß neben dem chemischen Processe alle organischen, welche sonst im Wasser zu entstehen pflegen, aufgehalten und kaum bemerkbar werden. Es sollten deshalb mehr als einige Probestücke an Bord sein. Indeß entweicht doch bei längerer Aufbewahrung die für die Verdauung so nützliche und nöthige Kohlensäure mehr und mehr. Man kann schon erwarten, daß die Füllung und der Transport nach dem Schiff nicht in so kundigen und sorgfältigen Händen gewesen ist, als bei den Mineralwässern. Das Schaukeln des Schiffs thut das Uebrige. Mangel an Kohlensäure ließe sich nun freilich in gegenwärtiger Zeit durch künstlichen Zusatz des Gases leicht verbessern, woran aber hier natürlich nicht gedacht wird. Doch das sind im Ganzen wieder Nebensachen im Vergleich zu der Frage, ob dem lechzenden Kranken auch ein Trunk frischen Wassers wirklich und zeitig gereicht wird, wenn er selbst es sich nicht mehr holen kann, und wer ist für diesen Dienst zur Stelle?

Der Rheder ist aber nicht bloß der Mann, der seinem Gewerbe nach fremde Gäste bewirthet, sondern er hat auch noch für sonstige Lebensbedürfnisse derselben Sorge zu tragen. Sie müssen in dieser Hinsicht recht eigentlich als seine Pfleglinge erscheinen. Der Rheder hat nämlich ganz besonders die öffentliche Gesundheitspflege, welche hier der See wegen eine besondere Species ausmacht, übernommen. Hier sollte sich nun gerade seine Größe zeigen. Welche Beziehungen hier Statt finden, kennt der Auswanderer nicht, der Rheder aber hundertfach. Jener ist in der Erwartung an Bord gegangen, das Allergewöhnlichste doch in dieser Beziehung zu finden, nämlich eine gesunde Schlafstätte und bei Unpäßlichkeiten und eintretender Hülflosigkeit den zeitigen und nöthigen Beistand. Gerade wegen des gewährten großen Vertrauens sollte man erwarten, daß bei Unterlassungen die Zurechnungsfähigkeit gesteigert würde. Jeder kleine Wirth auf dem Lande bringt schon, um das Gepräge der Reellität zu bewahren, die Zahl der Gäste und die Zahl der Bedienung in Voranschlag, welches auf diesen Schiffen, wenn überhaupt, sehr mangelhaft erwogen ist. Nicht selten liegt er da, der Passagier, in seiner Unpäßlichkeit. Von den Zugeständnissen, die auf der Tafel geschrieben stehen, weiß er nichts zu bekommen. Er wird auch in anderer Hinsicht keine Leistung gewahr und erkennt zu spät seinen Irrthum, wenn eine Zurücknahme, ein Verzicht nicht mehr möglich ist. Hätten auf dem „Leibnitz" nicht ganz zufällig sich zwei Krankenwärter befunden, so wären diese Posten verwais't gewesen, und wenn hier gar der Capitain in Person sich genöthigt sieht, den Krankenwärter zu spielen, so ist solches gerade der beste Beweis für die äußerst mangelhafte Organisation.

Wir wollen aber nun einen Blick dahin werfen, wie sich der Rheder im Großen der Gesundheitsverpflegung annimmt.

Was zuerst die Latrinen betrifft, so scheinen auch die Herren Commissaire bei ihnen als einer partie honteuse etwas flüchtig vorüber gegangen zu sein, indem die Zugänglichkeit gar nicht erwogen ist, denn man streitet sich nachher anscheinend über die Zahl derselben und kommt zu keiner wahren Entscheidung, und doch ist die Sache auch wieder nicht für so wichtig gehalten, um sich deshalb mit America in Correspondenz zu setzen. Die Sache ist dennoch so einfach. Aber wie schwer es hält, auf einem Schiffe die allereinfachste Wahrheit herauszustellen, davon haben wir hier ein recht schlagendes Beispiel. Das erste Privet nämlich reservirt sich der Capitain für sich und seine Cajütpassagiere, wovon auf dem „Leibnitz" nur zwei waren, und ist verschlossen. Das zweite ist mit den Waaren für den Kleinhandel, wofür auf diesen so besetzten Schiffen sonst kein eigener Platz zu finden ist, bis oben hin vollgepfropft, sieht jetzt einem Schrank ähnlich und ist natürlich auch verschlossen. Beide befinden sich rechts und links auf dem Hintertheil des Schiffs. Wir wollen sie Capitainsräume nennen. So ist nun einmal die Praxis auf diesen Schiffen. Auf dem „Leibnitz" wird es schwerlich anders gewesen sein. Es bleiben also von 6 nur 4 übrig, welche den 400 Zwischendecks-Passagieren zugänglich waren, und diese werden die Americaner allein gesehen und beschmutzt gefunden haben. Bei der vorher bekannt gewor-

denen Revision in Hamburg aber wurden sie sämmtlich geleert, ge=
scheuert und offen gestellt, und siehe da, nach der Entpuppung
sind 6 daraus geworden. Wenn den Americanern auch jene zwei
verschlossenen Privets gezeigt worden wären, was wir bezweifeln,
so hätten sie dieselben, weil sie in Bezug auf die 400 Passagiere
nur nominell waren, doch wohl schwerlich mitgezählt. Sonst
ist es in America reichlich so hell als in Hamburg, und auch das
Sehorgan der dasigen Besichtiger verdient keinen Vorwurf. Die
Americaner aber, die weit von hier sind, in gewissenloser Weise
als unwahr erscheinen zu lassen, ist keine ehrenwerthe Machination.

Wenn 400 Passagiere an Bord sind und es werden Jedem
nur fünf Minuten eingeräumt, den Ort zu frequentiren, so ist er
doch schon den ganzen Vormittag besetzt, wenn er 50 Menschen
gedient hat. Es gehörten demnach für jene Anzahl Menschen 8
solche Plätze. — Der Mensch ist nun, was man auch gegen Ein=
zelne vorbringen mag, auf solcher Reise und bei solcher Anhäufung
von Menschen zumal, an diesem Orte der Reinlichkeit beflissen.
Eine vereinzelte Ausnahme würde auch gleich entdeckt und gebessert
werden. Wird aber der Vorgänger in seiner Seekrankheit von
Erbrechen und Durchfall an diesem Orte überrascht, was häufig
der Fall ist, und es findet keine augenblickliche Reinigung Statt,
so muß der Folgende schon mit Grauen an diesen Ort heran=
treten, und findet er ihn über seine Befürchtung hinaus verun=
saubert, so fängt er erst an, sich anderweitig zu helfen. Gefähr=
lich ist es nun schon, wenn er auf das nicht ungewöhnliche Aus=
kunftsmittel, das Fasten zu versuchen, verfällt. Wir haben selbst
Beispiele gesehen, daß Leute mit 1 Pfund Chocoladekuchen und
einer Flasche Bier sich 8 Tage hinhielten, um nicht genöthigt zu
sein, jenem Orte zu nahen. Wer hier für die Reinigung des
Orts die Ausgabe sparen will und keinen eigenen Mann damit
beauftragt, dem klebt der schmutzigste Geiz an. Die Schiffsmann=
schaft kann bei schlechtem Wetter Stunden und Tage lang nicht
dazu kommen.

Begeben wir uns in die Wohnung der Zwischendecks=Passa=
giere, so werden wir an die oft besprochene Erfahrung erinnert,
daß die Anhäufung einer großen Masse Menschen im engen Raume
immer eine gefährliche Sache ist und leicht in eine Herausforde=
rung der Natur ausarten kann, wenn der, welcher sie unternimmt,
sich nicht mit allen Cautelen gehörig vertraut gemacht hat und die=
selben auch ohne Zögern in Ausführung bringt.

Zuvörderst ist hier nöthig, daran zu denken, unausgesetzt Tag
und Nacht gute Luft zu schaffen, denn es ist eine viel wichtigere
Frage, was der Mensch athmet, als was er ißt und trinkt. Ge=
sunde Luft zu athmen, gehört schon zu den ersten Menschenrechten,
welches ihm nie von Andern verkürzt werden darf. Aber hören
wir darüber den amtlichen Bericht (pag. 56 d. D.=C.): Der Capi=
tain hat Kühlsegel in den Luken aufstellen lassen, welche aber von
den Passagieren unten zugebunden worden sind, nicht Einmal, nicht
oft, sondern sehr oft. „Von den Passagieren" soll wohl nicht

heißen, von den vereinigten 400, sondern von einem Passagier, der sein Lager in der Nähe hatte und von der Zugluft nicht incommodirt sein wollte. Man muß es bewundern, daß man aus diesem offenen Bekenntniß nicht hat lesen können, warum es sich handelt. Die Aussage heißt mit andern Worten: die Bewachung der Zuleitung frischer Luft ist sträflicher Weise so gut wie unterblieben, oder so nachlässig verwaltet, daß unverständige Menschen sie haben illusorisch machen können. Man hat gar zugelassen und ist gleichgültig dabei geblieben, daß ein Wahnsinniger der ganzen Gesellschaft das wichtigste Requisit für das animalische Dasein entziehen konnte. Die Frage aber, welcher verantwortliche Wächter war hier bestellt, ist gar nicht aufgeworfen. Wenige Athemzüge in einer zoomephitischen Luft reichen bei vielen Menschen aber schon hin, Erbrechen und Durchfall zu erregen, das Blut in seinem Werthe herabzusetzen und bald zu vergiften. Wo man mit jenem wahnsinnigen Vergifter geblieben, oder in welchem Bicètre man ihn aufbewahrt hat, davon schweigt die Geschichte.

Wenn der Capitain daneben noch aussagt, daß er für Ventilation Sorge getragen, so ist solches doch nur bei einer geistigen Sorge geblieben, thatsächlich aber in's Gegentheil, in „Verhinderung der wohlthätigen Zuführung frischen Luftzugs" umgeschlagen. Außerdem wird die schlechte Beschaffenheit der Luft auch noch an einer andern Stelle durch den beeidigten Capitain, pag. 57, constatirt, wo er seine bezeichnende Beobachtung hinzufügt, daß dieselbe von unten, natürlich vom Raum noch unter dem Orlogsdeck, nach oben gezogen.

Warum hat man aber bei so vielen Menschen nicht zweckmäßigere Einrichtungen, als jene Kühlsegel, die schon bei Regenwetter unpractisch sind? Die Einrichtungen in den neueren Krankenhäusern würden bei jeder Witterung, und wenn alle Passagiere unten bleiben müssen, in gleichmäßiger Weise ihre Dienste thun. Die Luft im Zwischendeck ist nämlich nur von oben zugänglich, und der, neuerdings oft besprochenen, in den innern Hofräumen der großen Städte, wie München, zu vergleichen. Bloßer Luftzugang ist aber bei der schweren Luft im Zwischendeck nicht hinreichend. Es kommt hier darauf an, die mit Kohlensäure, animalischen Emanationen und Zersetzungen gefüllten wässerigen Dünste zu bewegen. Diese müssen hier entweder ausgesogen oder durch Verdrängung entfernt werden. Die Techniker würden leicht eine solche Einrichtung angeben können, welche an den Umfassungswänden hinliefe, oder wozu sich auch von Autoritäten, wie Dr. Esse oder Karmarsch die zweckmäßigste Angabe erbitten ließe. Auch wird der, uns freilich unbekannte Wronghton'sche Apparat für Schiffe sehr gelobt. Wäre den Rhedern aber um Belehrung und Erfahrung Anderer zu thun gewesen, so hätten sie dieselben sich längst verschafft.

Das Gesagte wird aber erst recht klar, wenn man die Zeugenaussagen weiter verfolgt. Pag. 57 sagt ein Schiffsmann, daß Urin nächtlicher Weile aus der Koje des Passagiers A in die

Koje des B geflossen ist. Lag es im Contract des B, sich solches gefallen lassen zu müssen? Anstandslos und vertrauensvoll ist B an Bord des Rheders gegangen, er hat nicht ahnen können, daß ihm die Schlafstelle so besudelt werden könnte, wie er selbst sie seinem Hunde nicht bieten würde. Auch ist er von seinem Mit= contrahenten, dem Rheder, gar nicht gewarnt; mit A aber hat er nichts zu schaffen. Ist hier nicht mehr als ein Contractbruch zu finden? Es wird ruhig hinerzählt und angenommen, daß sich solches nicht habe verhüten lassen, weil die Autorität eines Schiff= mannes es gesagt. Allerdings aber hätte es sich auf vielfache Weise verhüten lassen, schon durch eine dünne Metallfütterung der Koje. Aber das hätte bei einigen 100 Kojen etwas gekostet, was der arme Rheder nicht daran wenden konnte. Ist es nun aber nicht eine Schmach, dem B noch Unreinlichkeit vorzuwerfen, wo offenbar doch der andere Contrahent, der aber im Abgangshafen zurückgeblieben, der unsaubere ist. Dem Gericht scheint es auch gar nicht auffallend gewesen zu sein, daß der Capitain solches als allgemeine Wahrheit hinstellt. Offenbar hat derselbe diese Er= kenntniß von früheren Reisen her gewonnen, und ohne Zweifel auch diese merkwürdige Thatsache registrirt und dem Rheder vor= gelegt. Es ist auch kaum anzunehmen, daß die Hafen=Polizei von einer so gefährlichen Begebenheit nichts gewußt, indem diese Schiffe wohl bald ein halbes Jahrhundert fahren. Aber wie ist durch diese eigenthümlichen Verbindungsglieder hindurchzukommen? Erst durch die von America ausgegangene Anregung erhält das Publicum in Europa nachträglich zum ersten Male davon eine Kunde. Denk= würdig bleibt es jedenfalls, daß das Gericht dem Rheder von dieser Verheimlichung keinen Vorwurf macht, denn nur durch solche Ver= deckung der Spuren ist dem fortgesetzten Grauen Vorschub geleistet.

Schon aus einfach muffeligem Stroh oder Seegras kann sich ein Contagium bilden. Es ist schon aus der Geschichte der Kriegs= heilkunde bekannt, daß Soldaten, die darauf geschlafen, Masern bekommen haben. Ja schon Staub von muffeligen Substanzen, muffeligem Mehl, haben bei Kindern Masern erzeugt. Ist nun aber die das Seegras anfeuchtende Flüssigkeit gar Urin, und da belassen, so werden die Entwicklungskeime für Krankheiten recht eigentlich ausgesäet.

Es wird aber noch ärger. Pag. 26 lesen wir, daß menschliche Excremente den Fußboden besudelt und gefüllte Nachttöpfe durch das Schütteln des Schiffs umgeworfen, ihren Inhalt überall hin ergossen haben. Es muß jedem Unbefangenen einleuchten, daß es sich hier offenbar schon um äußerst schwache und kranke Menschen handelte. Zu solchen Excessen in der eigenen Wohnung kann der Mensch nur getrieben werden, oder er ist bereits in volle Ver= zweiflung gefallen, weil er alles Beistandes in seiner Noth ent= behren mußte. Mit einmal kann sich das physische Elend entwickeln und die Situation entsetzlicher werden, als, wie Alle wissen, in den Lazarethen in der ersten Woche nach der Schlacht bei Leipzig.

Wir müssen noch fragen, weshalb die Schiffshygiene von

vorne herein es duldet, daß hier andere Nachtgeschirre, als so construirte, daß nichts überschütten kann, an Bord genommen werden, wie sie doch anderswo in Gebrauch sind.

Erkundigen wir uns, was ist gegen die Einwirkung solcher böser Fermente geschehen, so bekommen wir auch nur eine schwache Antwort. Wir können nicht finden, daß hier etwas Wesentliches geschehen ist, um die Auswurfsstoffe selbst sogleich unschädlich zu machen. Daß Metallsalze mit organischen Stoffen Verbindungen eingehen und dadurch die Fäulniß hindern, sollte doch gegenwärtig eine Jedermann bekannte Sache sein. Die Salzlösungen müssen aber die Stoffe gänzlich umgeben. Bloßes Besprengen mit Chlor=kalklösung ist hier nur einer Scheinmaßregel gleich zu achten.

Wird das Verschüttete nicht augenblicklich aufgewischt, so richtet es noch weiteres Unheil an. Kann Urin von einer Koje in die andere fließen, so kann er auch in die tieferen Räume gelangen; so gut wie in Gebäuden auf dem Lande, kann er auch durch die, wenn auch mit Werg ausgestopften, Fugen dringen. Man darf sich nun nicht wundern, daß versteckte Fäulnißgänge entstehen. Aus solchen Anhäufungen und Zersetzungen menschlichen Abgangs im untern Theil des Schiffs wird aber der allerschlimmste Mutter=boden für bösartig pflanzliche Parasiten geschaffen, welche man Cholerakeime, aber auch eben so gut Pestkeime nennen kann. Ein Grundwasser dieser Art bildet einen Infectionsheerd ohne Gleichen, und alles, was Pettenkofer darüber Schlimmes gefunden, wird hier übertroffen.

Will man das gering achten und nicht rügen, so begünstigt man das Elend und hilft es hervorbringen. Es sind hier dispo=nirende und provocirende Momente zu Massenerkrankungen genug vorhanden und der Zusammenhang zwischen Ursache und Wirkung in befriedigender Weise zu finden. Was sonst immerhin tellurische Einflüsse Schlimmes nur schaffen können, wird hier gleichsam künstlich zu Wege gebracht. Der Mensch ist leicht geneigt, das Naheliegende außer Acht zu lassen und das Ungewöhnliche zu suchen, dem doch nur ein untergeordneter Einfluß zukommen könnte. Die unmittelbare Umgebung des Kranken bietet hier genug, und wirkt um so gefährlicher, als hier Nässe des Raums und von Seiten der Passagiere bereits eingetretene Verminderung der Resistenzkraft, physische und psychische Depression entgegen kommen.

Hat der Capitain nun nicht durch die Nordsee und die Orkneys fahren können, sondern ist er genöthigt gewesen, den Canal zu passiren und nach den größten Breiten zu segeln, so theilen sich unter dem 20sten Breitengrade in der erhöhten Temperatur die Pilzsporen massenweise der Luft mit, schweben umher, werden ein=geathmet oder haften im Rachen und gelangen in den Darmkanal. Es findet nun eine Localisation auf den Bauch statt, oder sie bringen in's Blut ein.

Wer kann sich wundern, daß unter solchen Verhältnissen Drang=sale geschaffen werden, die unerträglich, unbeschreiblich sind und am Ende allgemeines Elend, Aufhören der socialen Ordnung und aller Rücksichten zur Folge haben.

Welchen Namen man nun solchen Complicationen der See=krankheit mit solchen Vergiftungen geben will, ist uns gleichgültig. Auf ein Contagium zu recurriren, ist gar nicht nöthig, oder es sich aus Polen zu verschreiben. Hier sind in jedem Moment so viele unmittelbare Contactwirkungen, daß jede Fäulnißform, Ruhr, Cholera, Typhus, Diphtheritis sich daraus entwickeln können, und auch schon entwickelt haben, so wie hier auch gewöhnlich die ver=schiedenen Formen in einander übergehen. Wenn die Scene nicht so entsetzlich ernst wäre, könnte man es komisch finden, sich noch darüber vereinigen zu wollen, wie man den Würgengel taufen soll. Genug, die Hydra hat aufgehört eine Fabel zu sein, seitdem der Seeschrecken lebendig geworden.

Eine höchst wichtige Frage dürfen wir hier nicht übergehen. Wir haben nämlich nichts von den Pumpen gelesen. Ob sie gar nicht in Gebrauch gesetzt sind? Auch werden diese von com=petenter Seite gar nicht gewürdigt. Sie sind freilich für diesen Zweck, um nämlich das letzte Grundwasser zu entleeren, an sich zu unvollkommen. Dazu ist noch vorher eine Spülung nöthig, wozu äußeres Wasser hinzugeleitet werden muß.

Auf den americanischen Segelschiffen ist es eine schiffsdiäte=tische Regel, welche keinen Tag außer Acht gesetzt wird, zweimal in 24 Stunden auf diese Weise das Grundwasser durch ein von vier Mann getriebenes Göpelwerk über Bord zu schaffen, selbst wenn kein Kranker zugegen ist. Eine Schiffshygiene, welche darauf nicht hält, stellt sich künstlich auf einen Vulcan von allen möglichen nosogenetischen Agentien.

Wir müssen es wiederholt beklagen, daß die an Bord befind=lichen Contracts=Verweser keinen Begriff von der Wichtigkeit zeitiger zweckentsprechender Anordnung und der Nothwendigkeit der Ueberwachung bei der Ausführung besitzen. Später kann der Capitain auch bei persönlicher Aufopferung nicht mehr helfen. Seine Einrichtungen sind auch von Haus aus zu mangelhaft; dann fehlen ihm auch die drei bis vier Mann eingeübter Be=dienung.

Wenden wir uns nun an das Physicats=Gutachten, so stoßen wir sogleich auf ein Verkennen dessen, warum es sich handelt, indem es behauptet, „es handle sich zum größten Theil um die Aus=rüstung und Führung des Schiffs. Solches mag richtig sein, wenn das Schiff Torf geladen hat, Holz oder Steine. Wenn es aber vierhundert Passagiere zu einer Reise über den Ocean auf=genommen, so muß es sich in den Augen eines Physicus in erster Reihe um die Frage handeln, welche Fürsorge ist für die Erhal=tung so vieler Menschen getroffen. Für die Begutachtung über Führung und Einrichtung des Schiffs muß das Gericht sich an andere Techniker wenden.

Durch die Zeugenaussagen ist es aber unwiderleglich bewiesen, daß die von den Americanern beregten Uebelstände in ungeheurer

Mächtigkeit zur Stelle gewesen ist, und kein mit der Physis nur halb vertrauter Aesculap kann sich wundern, daß jene nun auch gewirkt haben, haben wirken müssen.

Indem das Schriftstück weiter geht, macht es einen Versuch, den Leser gegen die landsmännische Gesellschaft in New-York einzunehmen und dieselbe zu verdächtigen, was eines Physicats-Gutachtens ganz unwürdig ist. Wenn behauptet worden ist, daß in dem engen Hamburg die Pflicht der Verwandtschaft nicht umhin kann, mit allen übrigen Obliegenheiten in Collision zu kommen, oder daß Pflichtverhältnisse in vieljähriger Praxis sich so gut zwischen Richter, Physicus und Rheder herausgebildet haben, als auch durch den ganzen Staat gehen und auf die Handlungen influenziren, so scheint uns solches denkbar. Aber wir glauben nicht daran. Das ließe schon die Ehre nicht zu. Wenn aber behauptet wird, daß eine Privatgesellschaft, welche aus Söhnen von Gesammtdeutschland, die sich gegenseitig erst kurze Zeit kennen und bei der Weitläuftigkeit des Wohnorts sich selten begegnen, zusammengesetzt ist, und von deren segensreicher Wirksamkeit, welche sie in philanthropischer, socialer und nationaler Hinsicht mit Aufopferung entwickelt, die Welt zu erzählen weiß — von der Verfolgung eines Privatzwecks oder Eigennutzes geleitet würde, als sie sich jenes armen unglücklichen Schiffes „Leibnitz" annahm, so empört solches unser Gefühl in dem Maße, daß wir die darauf passende verdiente Antwort gar nicht zum Ausdruck bringen können.

Wir wollen auch nicht, wie das Physicats-Gutachten, bei kleinlichen Nergeleien über Schreib- und Druckfehler, wie Antiologie und Thyphus verweilen oder sonstigen gerügten unwesentlichen Dingen, z. B. ob man aus 23 auch vielleicht 25 lesen kann, auch nicht nach Namen fahnden, welche immer erst nachträglich entstehen und nur eine Zeit lang conventionell sind, sondern auf die Thatsachen blicken. Daß Passagiere mit Diarrhöe behaftet, an Bord gegangen, ist nirgends constatirt. Menschen, in denen eine Krankheit im Incubationsstadium steht, pflegen schon eine weitere Landreise nicht überstehen zu können. Solche außerordentliche Anstrengungen pflegen die Cholerakrankheit nach unserer Erfahrung schon nach 10 bis 12 zurückgelegten Meilen zum Ausbruch zu bringen. Daß hier aber eine eigene Schiffskrankheit geherrscht hat, beweisen schon die wiederholten Aussagen über Tobsucht. Eben die Cholera bietet von psychischer Seite die Merkwürdigkeit dar, daß der Kranke eine große Resignation bis an's Ende bewahrt. Er sieht, wie im Hospital dem Nebenmann rechts und links das Betttuch über's Gesicht gezogen wird, oder daß man Leichen wiederholt herausträgt, aber er bleibt ruhig.

Auch im nachfolgenden typhösen Stadium haben wir die comatöse Form oft behandelt, aber nie eine sonderlich eretische gesehen, geschweige denn cholerakranke Maniaci. Diese können nur auf Schiffen der beschriebenen Sorte vorkommen. Wir wollen aber nicht zweifeln, daß auch Cholerafälle vorgekommen sind. Die Natur ist in ihren Bildungen unerschöpflich und bindet sich nicht

an die benannten Satzungen der Menschen. Das von der Botanik
scharf beschriebene Blatt desselben Baumes wird doch in tausend=
facher Variation ausgeprägt. So reprobucirt sie auch häufig die
Krankheit verschieden, zumal wenn ein anderer so eclatanter Anstoß,
wie hier dazu gegeben ist. Wir wundern uns im Gegentheil,
daß auf dem „Leibnitz" nicht auch Fälle von Ruhr oder sonstigen
Schwächefiebern mit allen möglichen Typen vorgekommen sind,
namentlich concomitirte Wechselfieber in Gestalt der Cholera, welche
auch im ersten Anfall tödten können. — Es sind die localen Ver=
hältnisse, welche die Gestaltung der speciellen Form ergeben. So
wie die Typhen in Asien sich zur Pest steigern; so in Bahia zum
gelben Fieber, welches hier auch gleichzeitig mit der Cholera ein=
hergegangen und mit derselben aus gleicher Ursache, nämlich ver=
wesenden thierischen Stoffen, entsprungen ist. Typhus und Cholera
haben schon öfter gemeinschaftliche Verheerungen angerichtet, z. B.
steht in der Wiener Wochenschrift (1858) solche Epidemie, wo
beide Krankheiten durch Einwirkung schlecht angelegter Aborte ent=
standen waren, beschrieben. Dann die berühmt gewordene Typhus=
epidemie in Mainz vom Jahre 1843 und 44, welche ebenfalls auf
Einwirkungen von menschlichen Ercrementen zurückgeführt worden ist.

Bei unserer Untersuchung sich mit den Namen, Miasma und
Contagium aufzuhalten, scheint uns gegenwärtig überflüssig zu
sein, nachdem die steife Scheidewand zwischen beiden schon früher
von Bicking und Henle u. A. eingerissen, und zumal neuere
Sterne ein helles Licht verbreiten. Es ist auch heutiges Tags
wohl nur noch Eine Stimme darüber, daß bei der Krankheitsclasse
quaestionis die Träger des Ansteckungsstoffs nicht die Menschen,
sondern ihre animalischen Entleerungen sind oder sie selbst auch,
nachdem sie zur Leiche geworden. Ferner sind die Stühle der
Typhus= und Cholerakranken gleicherweise mit pilzartigen Körperchen
besetzt gefunden und außerdem jetzt schon so häufig Ansteckung
durch Sporen= und Fadenpilze und Phytozoen nachgewiesen. Cholera=
typhoide und Typhen in allen Formen können davon die Folge
sein, zumal sich in beiden Krankheitsprocessen die Haupterscheinun=
gen auf den Darmtractus concentriren.

Darauf kommt im Physicats=Gutachten alles an, zu zeigen,
ob die Bedingungen, welche der Krankheit zu ihrer Entstehung
verhelfen, da sind oder nicht da sind. Deshalb ist die Lokalerhe=
bung eine Hauptsache, welche aber sehr dürftig ausgefallen ist.
Ob die Lagerstätten mit Oel oder Lack oder gar nicht bestrichen
oder mit Blech gefüttert, oder wie beschaffen, bleibt unbekannt.
Ebenso ob sie und die Wände, an welchen die organischen Theile
erfahrungsgemäß anhalten, mit heißer Lauge abgewaschen und wie
oft. Die Wissenschaft hat über solche Anhaftung an den Wänden
auf experimentellem Wege procentische Angaben gewonnen, eben
zu Nutz und Frommen für die Physici. Das Zwischendeck ist ein
winklicher Raum von geringer Höhe. Diese Wohnung ist um so
bedrohlicher, da sie ganz von Holz ist und von Wasser umgeben,
besonders wenn der mit dem Kielraum communicirende Fußboden

aus weichem Holz construirt ist. Solche durchfeuchtete Wohnung ist deshalb so gefährlich, weil schon mit dem verdunstenden Wasser Pilzkeime fortgerissen werden und sich der Luft mittheilen. Dazu kommt, daß solche Räume Lichtmangel haben. Die Neigung der Pilze, in der Dunkelheit aufzuschießen, ist allbekannt, und an Kleidern und Lederzeug tausendfach documentirt. Es müßte also im Physicats=Gutachten von dem aufgesuchten Lederzeug die Rede sein, und hier eine mikroscopische Untersuchung folgen. Sind doch dafür bewährte Fachleute in der Nähe, z. B. in dem nahen Altona Dr. C. M. Gottsche.

Am Ende kommt das Gutachten noch gar mit einer neuen Theorie zum Vorschein, wonach der Keim gleich der Disposition sei. Wo aber in der heutigen Pathologie von Keimen gesprochen wird, wird nicht entfernt an Disposition gedacht. Der Organismus ist freilich disponirt, die keimfähige Aussaat in sich aufzunehmen, wachsen und sich vermehren zu lassen, oder auch nicht, je nach den innern weiteren Bedingungen. Es ist der Keim aber nimmer die Disposition selbst. Die Wissenschaft ist dieser Anordnung der Natur doch glücklicher Weise näher auf die Spur gekommen, und die Zeit, wo man sein Augenmerk in nebelhafte Ferne richtete, ist vorüber. Es geht nicht mehr, sich hinter pathologische Ansichten von anno 1 zu verschanzen. Characteristisch ist hierbei noch die Hardiesse, mit welcher der Verfasser sich herausnimmt, ein Anathem auf die Americanischen Aerzte zu werfen und sich zum Zwing=herrn einer nationalen Wissenschaft aufzuwerfen, eine Anmaßung, welche den größten Autoritäten über dieses Thema, weder unserm Hallier, noch dem Franzosen Lemaire, noch dem Engländer Thomé nicht entfernt einfällt. Aehnlicher National=Ultra's mag es heute wohl schwerlich noch viele geben. Die Wissenschaft ist, wie der Weltsinn der Völker, eine allgemeine und fühlt sich eben glücklich, von jeglichen Banden und auch einer nationalen Ein=engung befreit zu sein. Wir zweifeln auch sehr daran, daß eine deutsche Wissenschaft die angebotene Priesterstelle bei jenem leichen=umstellten Opferherd übernehmen werde. Gerade durch die ver=einten Kräfte vieler Nationen ist besseres Wissen geschaffen. Es braucht jetzt nur noch vom sogenannten Physicus in besseres Handeln umgesetzt zu werden; aber gerade diese Wechselbank steht, wie wir sehen, in dem sonst so sehr, und auch in wissenschaftlicher Hinsicht begüterten Hamburg, nicht am rechten Platze. Doch ver=lassen wir das unerquickliche Physicats=Gutachten, welches die Haupfrage des Gerichts: „wozu giebt der Acten=Inhalt in gesund=heits=polizeilicher Hinsicht Veranlassung", ganz unbeantwortet ge=lassen, und somit der Welt nicht ein einziges, den Bedürfnissen entsprechendes Régime geboten hat.

. Einen neuen Umstand, welcher die Ausführung der zu spät erkannten Nothwendigkeit zweckdienlicher Maßregeln noch sehr er=schweren kann, lernen wir noch aus einem Bericht des Hamb. Viceconsuls kennen. Wir finden pag. 18 eine Aussage über ein Zusammentreffen mit Passagieren, nachdem diese schon mehrere

Tage vollkommen in Sicherheit waren, „daß sie sich in einem so krankhaft aufgeregten Zustande befanden, daß deren Aussagen wenig Gewicht beigelegt werden konnte." Die Entbehrungen nämlich, wenn sie einen gewissen Grad überschreiten, können bei den Passagieren einen gefährlichen psychischen Zustand hervorbringen, der seine Streiflichter nach allen Seiten wirft. Wir werden dabei an viele der untergegangenen Schiffe erinnert, welche gleichwohl sehr seetüchtig waren, und deren Beschaffenheit, Ausrüstung und Führung wohl nicht mangelhaft gewesen sind. Wir selbst haben auf einem eben dieser Schiffe eine Reise mitgemacht, aber haben davon nichts bemerkt; wohl aber Einblicke in alle die beschriebenen Vermisse gethan, welche uns genug erklären. Einer von jenen drei Puncten hat die Schiffe schwerlich in den Grund gebohrt. Darüber braucht man gar nicht erst auf ein Obergerichtliches Erkenntniß zu warten. Auch auf einem Kaper= oder wirklichen Seeräuberschiff wird es an diesen drei Puncten nicht fehlen. Ein kundiger Capitain würde mit solchen Schiffen gar nicht in See gehen. Was bleibt dann aber übrig auf diesem sichersten aller Fahrwasser? Die Entbehrungen in der Diät nicht allein, aber in Verbindung mit dem, was aus der Vernachlässigung der hygienischen Fürsorge entsteht, können einen Grad erreichen, wobei eine geistige Aufregung der bedenklichsten Art entsteht, und wo der Mensch als wenig zurechnungsfähig erkannt werden muß. Der Naturmensch tritt dem giftigen Scorpion ohne Weiteres auf den Kopf, und die Welt sagt, mit Recht. Daß bei solcher Gelegenheit Verzweiflungsscenen vorfallen, leuchtet ein, daß sie nicht öfter noch vorkommen, ist allein daraus erklärlich, daß die meisten Auswanderer doch Leute sind, bei denen die kalte Ueberlegung über die Leidenschaft das Uebergewicht behält. Dennoch, wer kann wissen, was in einzelnen Fällen den Untergang der Schiffe bereitet hat. Daß solche Aufregungen, aus solcher Quelle entstanden, fürchterlich sind, wissen wir aus den Scenen beim französischen Rückzug aus Rußland, die auch psychologisch bearbeitet sind. Wir wollen aber in den Tempel der Sais nicht tiefer eintreten, und den Schleier noch höher lüften, sondern an die Abhülfe denken und nach der Erlösung fragen.

Daß sie nicht längst in Angriff genommen ist, mag zum Theil darin zu suchen sein, daß die Consuln der alten Aera es in 25 Jahren nicht für ihre Pflicht erkannt, wegen der großen Sterblichkeit auf diesen Schiffen von selbst Abhörungen gleich nach Ankunft des Schiffs in solcher Ausdehnung aufzunehmen, daß sie als vollkommenes Verhör dienen konnten. Nur aus dem Munde der Passagiere selbst und aus der Autopsie gleich nach der Ankunft kann man erfahren, wie dasjenige, was der Rheder übernommen hat, ausgeführt, und worauf das Meiste ankommt, ob dem Zweck und der Verpflichtung gemäß gehandelt ist. So nur ist es erklärlich, wie die großen Verwüstungen so lange ungeändert fortbestehen konnten, und es ist jedenfalls ein großes Verdienst der deutschen Gesellschaft in New=York und namentlich der

Herren Ph. Bissinger und Dr. Fr. Kapp, sowie der Herren Kastner und True, der Doctoren Krause, Pieper und Schwarzenberg und der dasigen Presse, unserer Sache die gebührende Aufmerksamkeit verschafft zu haben. Man möchte fragen, was hatten eigentlich die Consuln Vorzüglicheres zu beobachten, als das Wohl und Wehe ihrer Landsleute zu verfolgen? Die Nation hätte jene Enthüllungen sicherlich am liebsten den eigenen Consuln zu verdanken gehabt. Diese Herren haben wohl ohne Zweifel ihren Instructionen nachgelebt, aber daneben befindet sich eben der Knoten. Es wird doch bald eine Zeit kommen müssen, wo dieselben, so wie die Beamten überhaupt, weniger Paragraphen in ihren Instructionen haben, aber dafür den wichtigsten, der viele andere überflüssig macht, oben nachstehend vorfinden, nämlich daß sie wegen bewiesenen Mangels an Conduite in Wahrnehmung ihres Amtes davon entfernt werden können, wodurch zugleich eine Sündfluth von Verordnungen erspart wird. Denn was alles seines Amtes ist, muß so gut, wie der Officier im Felde, auch der Beamte erkennen können, und demgemäß auch die Initiative zu ergreifen wissen, da wo in seiner Instruction noch kein Wort darüber geschrieben steht. Würde man solche Untersuchungen der Consuln mit denjenigen, welche der Rheder zu collectiren versteht, vergleichen können, so würde das Resultat der Wahrheit ganz anders dienstbar gewesen sein.

Kommt eine Klage aber von anderer Seite, von Seiten des Publicums, so wird nicht viel gewonnen. Der Rheder ist außerordentlich überrascht, wenn in den Zeitungen von der großen Sterblichkeit auf diesen Schiffen gesprochen wird. Er erfährt etwas Unerhörtes, wovon er keine Ahndung gehabt, daß es möglich sei. Er trägt vielleicht selbst auf Untersuchung an, findet es aber doch für gut, vorläufig seine Belobungsschreiben hervorzusuchen. Er hat davon hunderte angefertigt liegen, um sie eventuell als Entlaster mitwirken zu lassen. Es ist für die Gewinnung dieser schönen Früchte auf den Schiffen folgende Praxis eingeführt. Gegen Ende der Reise oder so wie eines Tages die weißen Berge von New-Hampshire am Horizonte aus dem Nebel auftauchen, wird von einigen, durch Begünstigung gewonnenen Passagieren der zweiten Cajüte den übrigen ein Bogen vorgelegt. Diese sind bei jenem hoffnungsreichen Anblick weich gestimmt, fühlen sich dem Capitain, welcher sie nun doch, gut oder schlecht, so weit gebracht hat, verbunden, und unterschreiben, wenn auch nicht das Ganze, doch den Dank an den Führer. Diese Zeugnisse werden abgedruckt und es entsteht ein Schwarm unerquicklicher Schutzartikel, welche die Meinung zu verbreiten suchen, als sei die Sache trotz der 105 Leichen gar nicht so schlimm gewesen; die Passagiere hätten wohl ein Hôtel ersten Ranges erwartet und dergleichen mehr. Der Kern der Sache bleibt ganz unberührt, dagegen wird die Aufmerksamkeit auf ganz unwesentliche Dinge gelenkt, auf den Medicinkasten, oder auf Sachen, die gar nicht da gewesen sind, z. B. Häute im Raum. Oder man verdreht die Frage, z. B. ob ein

Arzt oder kein Arzt, in gute und schlechte. Erst wenn den hygienischen Erfordernissen einigermaßen Genüge geleistet ist, kann ein Arzt nützen. So wie die Sachen aber bisher lagen, konnte er nur nützen, wenn er alle zwölf Stunden das Kielwasser durch die Pumpen wegzuspülen, oder den Leuten frische Luft zu machen im Stande wäre. Beides kann aber auch der Capitain und hätte es gethan, wenn der Rheder ihm bessere Einrichtungen hergestellt und er selbst die nöthige diätetische Einsicht besessen hätte. Dann wieder beruft man sich darauf, was Alles dem Schiffe mitgegeben wird, aber keine Tonne führt das Datum ihres Ursprungs, und wie trotz der Besichtigung doch Manches mitgenommen, oder wiederum abgesetzt werden kann, möchte sich vielleicht bei dem „Zanzibar" oder „Palmerston" herausstellen. Wollte Jemand die Sache beleuchten, so rief er nur neue Beschuldigungen gegen die armen Passagiere wach. Es wird wieder auf ihre Unsauberkeit hingewiesen, aber man unterläßt hinzuzufügen, daß Seewasser nicht reinigt. Dagegen möchte man fragen, warum wird den Branntwein-Trinkern zweimal täglich an der Treppe jene Flüssigkeit gereicht und nicht sämmtlichen Passagieren geliefert. Diese Anderen würden sie viel nützlicher zum Waschen des Körpers verwenden, und eine große Erquickung davon haben. Aber solches hat auch seine Gründe. An einer andern Stelle wird den Passagieren der Vorwurf gemacht, sie hätten nicht helfen wollen, ihre Angehörigen auf's Verdeck zu tragen. Sie, welche dieselben mitgenommen, sollten ihren Lieben den kleinen Dienst verweigert haben — wenn ihre eigene Schwäche es irgend erlaubt hätte! Aber es ist am leichtesten, die Schuld auf die Opfer selbst zu schieben, die dadurch freilich in die Kategorie der Selbstmörder kommen.

Der Rheder, mit der von Andern unternommenen Beschützung des Grauens endlich noch nicht zufrieden, glaubt ein Mehreres thun zu müssen, macht aber die Sache noch unheimlicher, indem er mit dem Finger auf den Bremer hinweis't, und zuletzt gar auf den Einfall kommt, die Schuld auf ganze Provinzen zu wälzen. Er mag die Schwere der Beschuldigung nicht gefühlt haben. Unsere Darstellung haben wir möglichst objectiv gehalten, hier könnte aber die Feder in Versuchung kommen, abzuweichen. Indeß könnten Namen und Autoritäten hierbei etwas nützen, so müßten noch eher die Namen der tausend Opfer abgedruckt werden. Sie würden als stummes Thema doch am beredtesten sprechen, und auch ein Erkenntniß abgeben, welches vielleicht anders lautete als: Hunderte sind schuldig, Alle sind schuldig, nur er nicht, er der Eine, er der Reine. Aber es handelt sich von jetzt an doch noch um etwas Höheres, als Namen und Persönlichkeiten, nämlich um ein gutes Stück nationalen Wohls und Wehe.

Fragen wir deshalb lieber nach der Erlösung von dem Uebel. Hier müssen wir uns aber zuvor vergegenwärtigen, womit wir es zu thun haben, und uns die Sache ja nicht zu leicht vorstellen. Es steht uns das Capital, hier auch eine Großmacht, gegenüber, welches in seinem Dualismus uns hier eine neue Phase zeigt, oder richtiger seine Schattenseite. Während sonst immer von Kapital und Arbeit die Rede ist, und beide auf eine gezwungene Weise in einen vielfach nur scheinbaren und ungerechten Gegensatz gestellt werden, da das Kapital hier doch eigentlich die fleißige Tochter der Arbeit ist, welche der Mutter auch noch ferner treu beisteht, mit ihr ausgeht und heimkehrt, und meistentheils Wohl und Wehe mit ihr theilt — begegnen wir hier der dämonischen Schwester, Kapital und Noth mit Namen. An den Brüsten der Noth groß und stark geworden, geht sie auch noch ferner hinaus auf die einsame See und spielt mit Gesundheit und Leben. Es wird von ihr die organische Natur der stärksten, kernhaftesten Menschen, welche die Nation nur aufzuweisen hat, Ackerbauer und Handwerker, auf die herbste Probe der Ausdauer gesetzt, welcher viele unterliegen müssen.

Wie das Geschäft sich im Großen von vielfacher Seite, vornämlich als Geldspeculation manifestirt, so auch zuweilen auf lächerliche Weise im Kleinen. Man sollte von Kaufleuten doch erwarten, daß bei einem so sichern Geschäfte die Kosten des Unternehmens und der zu erzielende Gewinn vorher in einer genauen Berechnung aufgenommen wären, so daß bei voller Besetzung des Schiffs mit Passagieren dieselben Preise, wenigstens für diese eine Reise anzutreffen wären. Eine Ermäßigung derselben, wenn überhaupt zulässig, sollte man eher bei den zuletzt angekommenen Passagieren erwarten. Aber es findet wunderbarer Weise das Gegentheil Statt. Den Ersten wird ein fester Preis abgenommen, den folgenden, weiter aus der Ferne Gekommenen schon 5 Thaler mehr und den letzten 10 Thaler mehr! Erkundigt man sich bei dem Expedienten nach der Ursache, bekommt man zu hören, daß in letzter Woche die Butter theurer geworden. Würde man aber zur Probe einen Aufruf in America an die Butteresser aus diesen Schiffen ergehen lassen, würde man meistens zu hören bekommen: Einmal haben wir sie gekostet, aber nie wieder! Die Besichtiger werden auch schwerlich die Ursprungs=Certificate und noch weniger deren Datum genau angesehen haben.

Practisch wirksam gewesen ist zuerst die Untersuchungs=Commission des Bundes. Aber vom besten Willen beseelt, konnte sich ihr, der Natur der Sache nach, nicht viel herausstellen. Auf einem fremden Terrain muß man sich doch mehr führen lassen, als selbst suchen und finden. Man zeigt den Hamburger Theerhof und wie es da vor der Reise hergeht, die Schiffe, den Proviant u. s. w. Aber wenn man die Bausteine noch so genau ansieht, kann man doch nicht sagen, wie damit gemauert wird, und noch weniger, was den Einsturz des Hauses veranlaßt hat. Nur vergleichende Reisen könnten hier der Untersuchung das echte Material liefern; denn, wenn irgendwo eine Erfahrung aus erster ungetrübter Quelle geschöpft werden muß, so ist es hier.

Die Sache an die Gerichte zu bringen, führt auch nicht weiter. Auch Gerichte können zu unschuldig sein und ihre Ar=

beiten als Muster menschlicher Tiefsichtigkeit unser Jahrhundert zieren.

Auch die Vereine haben in unserer Richtung nicht viel leisten können. Sie setzen sich meistens zu viele Ziele, ertheilen dem Auswanderer, was dankbar anzuerkennen, vielfachen Rath, aber haben noch nicht einen Befehl gegen die Rheder ausgewirkt. Schon allein in Bezug auf ihre Abmahnungen wird ihre Wirksamkeit sogleich wieder durch den Rheder vereitelt, welcher schon viele Jahre mit seiner Annonce täglich ins Haus rückt und ausruft: Ich liege da und fahre morgen. Aber auch wenn die Vereine ihre Wirksamkeit einengen und ihren Ruhm allein in Lebenserhaltung suchen wollten, würde ihnen doch wieder der nöthige Nachdruck fehlen.

Auch wenn einzelne Philanthropen sich ein einzelnes Ziel vorsteckten und mit persönlicher Aufopferung verfolgten, blieb ihre Wirksamkeit ohne nachhaltige Folgen. Wir brauchen bloß auf die bekannten Beispiele von Mrs. Chisholm und Miß Ebbie zu blicken, oder um auch einen Landsmann zu nennen, auf unsern wackern J. J. Sturz, welcher gleichfalls mit angespannter Kraft neben der Verfolgung national=practischer Endziele eine würdigere Stellung der Auswanderer sowohl auf den Schiffen als auch in der neuen Heimath seit vielen Jahren erstrebte. Wir möchten namentlich seine warme Verwendung für die Sonderung der unverehelichten männlichen und weiblichen Passagiere an Bord der Segel= und Dampfschiffe hervorheben. Auf der offenen Straße des Festlandes wachen strenge Gesetze für die Abwehr jeder Beleidigung. Diese Passagierroute über den Ocean ist aber der offenen Straße wenigstens gleich zu stellen, und wegen der geringen Ausdehnung des Raumes auf diesen so besetzten Schiffen sollten Ausschreitungen, welche das natürliche Gefühl verletzen, noch viel sorgfältiger überwacht werden. Es passiren diese Straße rohe Schiffsleute und lose Gesellen, welche die zügellose Freiheit und müssige Zeit zu schamlosen Excessen verwenden und welche man, ohne Unrecht zu thun, mit H. Heine in die Kategorie seiner „Schufte von Gefühl“ versetzen könnte. Es ziehen aber auch desselben Weges viele Leute, welche einem ernsten Berufe nachgehen und eines besonderen Schutzes eben so bedürftig, wie würdig sind, namentlich unterm weiblichen Geschlechte die Frauen, welche ihren vorangezogenen Männern nachfolgen müssen, ehrsame Mädchen, welche durch ein Familienband oder eine dargebotene Aussicht veranlaßt, hinüberreisen, aber nun unterwegs durch die Situation, welcher sie nicht ausweichen können, erdrückt, ein unersetzliches Gut einbüßen; endlich halbe Kinder, welche in Gefahr kommen, durch das Beispiel vergiftet zu werden. — Ferner kommen hier nicht selten frühzeitige, durch die Seekrankheit geweckte Entbindungen vor. Jedes Geschöpf der ganzen Natur sucht für diesen Act ein einsames Plätzchen zu gewinnen und weiß es auch, wenn unbehindert, zu finden, aber die sociale Fürsorge der Menschen steht hiergegen zurück und läßt solches durch ihre Einrichtungen zur Unmöglichkeit werden. Es ist doch merkwürdig, daß die Cultur,

welche sachlich so viel geleistet, und vom Pfluge bis zum seidenen
Fädchen nichts unverbessert belassen, all' jene tiefen Scharten des
socialen Lebens, wie es scheint, gar nicht gewahr geworden ist.
Die europäischen Schiffe haben es freiwillig übernommen, in ähn=
licher Weise, wie die Posten auf dem Lande, der Welt nützlich zu
werden. Es darf also nicht geduldet werden, daß die Art der
Ausführung in's Gegentheil ausschlägt, eine Beleidigung der
Menschenwürde und eine Rückkehr zum Brutalismus daraus
mache. Sollte die Sache gegenwärtig bei der internationalen
Verhandlung wider Erwarten nicht zur rechten Würdigung ge=
langen, so wird die gebieterische Nothwendigkeit doch gleich wieder
durch neue Opfer sich auch neue Geltung erstreben. Wir blicken
aber diesseits des Oceans vertrauensvoll auf den Bundesrath,
welcher schon auf erfreuliche Weise sein Interesse an dieser nationalen
Sache bekundet und überhaupt gezeigt hat, welcher Entwicklung
Deutschland entgegengeführt werden kann, soll und muß. So wie
nicht minder auf Deutschlands unermüdliche Freunde jenseits des
Oceans, von denen der erste wirksame Anstoß zur Verbesserung
ausging. Alle von europäischer Seite seit Decennien beschafften
Darlegungen, mochten sie an die Forderungen der Vernunft
appelliren oder das Gefühl zu erwecken bestrebt sein, arbeiteten
vergebens. So sehr sich diese Mittel auch sonst im Gebiete des
Erkennens bewährt und auch schon häufig eine Bahn eröffnet
haben; hier prallten sie an der geschützten Eisdecke des Herkommens
ab. Es bedurfte erst der patriotischen Wärme, welche die deutsche
Gesellschaft in New=York entwickelte, und der rechten Männer,
welche sie aussandte, um das Eis zu schmelzen und mit energischer
Hand einen Damm zu bauen. Von dieser Wirksamkeit an datirt
dieser Culturabschnitt seine neue Epoche. Fortan erhob sich reges
Leben nach allen Richtungen. Der edlere Theil der Presse, Regie=
rungen und Private wurden thätig, Untersuchungs=Commissionen
wurden ausgesandt, internationale Verhandlungen eröffnet, und
vom Bunde ein Inspector in die Häfen geschickt. Die Sache ist
in fortdauernder Bewegung geblieben von der Sistirung des
„Zanzibar“, des „Palmerston“ bis zur Eidesaufnahme über das
Schiff „Ocean“ in unsern Tagen. Es werden sich jetzt auch noch Be=
strebungen entgegenstemmen, welche das alte Herkommen verthei=
digen wollen, aber sie werden die Sache doch nicht mehr auf=
halten. Sie ist jetzt erfaßt und aufgenommen von der Locomotive
der Neuzeit, welche schon über mehrere morsche Institute zer=
malmend hinwegflog, und auch sie an's Ziel bringen wird.